I0682246

Juan Bautista Alberdi

Tobías o la cárcel a la vela
Producción americana escrita en los mares del Sur

Barcelona **2024**
Linkgua-ediciones.com

Créditos

Título original: Tobías o la cárcel a la vela.

© 2024, Red ediciones S.L.

e-mail: info@linkgua.com

Diseño de cubierta: Michel Mallard.

ISBN rústica: 978-84-96290-89-1.
ISBN ebook: 978-84-9897-907-7.

Sumario

Créditos _____ 4

Brevísima presentación _____ 7
   La vida _____ 7

Al señor Almirante _____ 9
   I _____ 10
   II _____ 10
   III _____ 10
   IV _____ 11
   V _____ 11
   VI _____ 12
   VII _____ 12
   VIII _____ 14
   IX _____ 15
   X _____ 16
   XI _____ 16
   XII _____ 18
   XIII _____ 18
   XIV _____ 19
   XV _____ 20
   XVI _____ 23
   XVII _____ 25
   XVIII _____ 27
   XIX _____ 28
   XX _____ 28
   XXI _____ 30
   XXII _____ 31
   XXIII _____ 33
   XXIV _____ 34
   XXV _____ 35
   XXVI _____ 36

XXVII _____ 37

XXVIII_____ 38

XXIX_____ 39

XXX _____ 40

Libros a la carta_____ **45**

Brevísima presentación

La vida

Juan Bautista Alberdi (Tucumán, 1810-París, 1884). Argentina. Era hijo de un comerciante español y de Josefa Aráoz, de la burguesía tucumana. Su familia apoyó la revolución republicana; Belgrano frecuentaba su casa y Juan Bautista lo consideró un gran militar y un padrino, dedicando numerosas páginas a defender su figura. Esta actitud lo hizo polemizar con Mitre, y ganarse la enemistad de Domingo Faustino Sarmiento.

Alberdi estudió en el Colegio de Ciencias Morales de Buenos Aires y abandonó los estudios en 1824. Por esa época, se interesó por la música. Poco después estudió derecho y en 1840 recibió su diploma de abogado en Montevideo.

Fue autodidacta. Rousseau, Bacon, Buffon, Montesquieu, Kant, Adam Smith, Hamilton y Donoso Cortés influyeron en él. En 1840 marchó a Europa. Volvió en 1843 y se asentó en Valparaíso (Chile) donde ejerció la abogacía. En otro de sus viajes a Europa como diplomático, pretendió evitar que las naciones europeas reconocieran a Buenos Aires como nación independiente y se entrevistó con el emperador Napoleón III, el Papa Pío IX y la reina Victoria de Inglaterra. Mitre y Sarmiento lo odiaron.

Alberdi vivió entonces fuera de Argentina y regresó en 1878, cuando fue nombrado diputado nacional. Había sido diplomático durante catorce años. Las cosas habían cambiado: Sarmiento envió a su secretario personal a recibirle y lo abrazó. Sin embargo, los mitristas impidieron que fuera otra vez nombrado diplomático, en esta ocasión en París. Murió en un suburbio de dicha ciudad el 19 de junio de 1884.

Tobías o La cárcel a la vela narra las peripecias de un viaje de regreso a Argentina desde Europa, pasando por Francia, España y Cuba.

Al señor Almirante

Don Manuel Blanco Encalada

Carta de prefacio y dedicación

La siguiente producción solo tiene de serio su tendencia a corregir el mal tratamiento de que son víctimas a menudo los que viajan a bordo de buques mercantes.

A medida que se pueblan los mares, por el desarrollo asombroso del comercio y de la navegación, conviene desterrar de ellos el ejercicio de esos usos de mezquindad y dureza pertenecientes a la vida del desierto. La civilización desea ver trasladados a la vida del mar los usos cómodos y confortables que distinguen la existencia de las ciudades.

Solo por este lado útil puede ser digno este escrito de dedicarse al nombre respetable de usted

Por lo demás, como producción literaria, él no se halla a la altura de su conocido buen gusto europeo. Pertenece a esa literatura ligera y fácil, que existe como parásita de otros ramos del saber, entre nosotros.

En nuestra América, tan seria por sus desgracias y sus ocupaciones positivas, la literatura propiamente dicha carece de cultivo, ya como producción, ya como lectura. El poeta, el literato de profesión, entre nosotros, son entes desconocidos. Se cultiva la literatura solo por pasatiempo, a ratos perdidos.

Así justamente ha sido escrito este trabajo. Inspirado por las molestias de la navegación (sentimiento de que son hijas las más de las producciones burlescas), fue comenzado más allá de los 50 grados de latitud austral y proseguido en frente del Cabo de Hornos, durante los veinte días perdidos en esfuerzos para superarlo. Le terminé en la mar antes de pisar y conocer el suelo de Chile en abril de 1844.

Hoy lo regalo al folletín de El Mercurio y me permito dedicarlo al nombre de usted por ser producto de literatura marítima y como testimonio desinteresado de mi estimación y respeto por usted con cuyos sentimientos tengo el honor de ser, etc.

J.B.A.

Valparaíso, agosto de 1851

I

No se engañe el lector con tu nombre masculino. Los sexos tienden a confundirse en este siglo. La anatomía de algunos socialistas ha descubierto que no hay diferencia orgánica entre la mujer y el hombre. Esta doctrina hará que las mujeres de París, renueven el día menos pensado la famosa escena del juego de la pelota, y protesten contra la obligación que tienen sobre sí hace tanto tiempo, de regenerar la especie. Y entonces, si los hombres no se aviniesen a participar de la tarea, sabe Dios cómo ni por quién se haga la renovación del género humano.

II

No es nueva, por otra parte, esta confusión de nombres.
El San Pedro de Roma, es una iglesia; como el San Pablo de Londrés, es otra iglesia y el Duomo de Milán es otra.
Jorge Sand titula Consuelo a una de sus novelas sin embargo de que Consuelo es el nombre de un personaje femenino, feo y lindo a la vez, como dice la autora que a su vez se da el nombre masculino de Jorge.

Tobías, pues, es una barca de tres palos, como el Castillo Chillon es una prisión de Estado.

III

La jaula pide un pájaro; el bosque pide amantes, la cisterna, peces; la aurora, flores húmedas; la noche, recuerdos y suspiros; y la barca un prisionero con el nombre humano de viajero. Tobías, pues, este Chillon flotante tendrá su Bonnivard.

Bonnivard tendrá padecimientos y pesares; estos dolores su historiador, que seré yo, y un eco, que será este poema.

Este poema, sí, porque la historia del dolor es un canto como el mártir es un héroe. Y no es necesario que el historiador se apellide poeta. No es el poeta únicamente quien hace poesía. O más bien, la poesía es obra del que hizo los astros, las flores, la mujer y el corazón del hombre.

Un solo Dios y un solo poeta.

Su bardo más legítimo en la tierra, su pontífice armonioso es el corazón que sufre.

El alma es una lira y todo mortal tiene armonías en su alma. La forma en que esas armonías suben al cielo nada importa. ¿Las violetas son menos bellas cuando no están plantadas en triángulos y octágonos? ¿El aroma de la mirra es menos fragante, porque sube en nubes informes y caprichosas?

IV

Fastidiado de los 80 grados en que el termómetro fija su domicilio perpetuo en el verano del Brasil; desesperado de verse convertido en máquina hidráulica, cuyas dos únicas funciones se reducen a recibir agua por el esófago y verterla a raudales por los poros cutáneos; aturdido por los gritos que los salvajes de África hacen resonar en las calles y plazas del imperio.

Intimidado no menos de sus amigos que de sus enemigos políticos del Río de la Plata, de los libertadores que de los esclavos y sostenedores del despotismo, nuestro hombre —todavía no es héroe— resuelve abandonar la costa atlántica de América y doblar el temible Cabo de Hornos.

V

Esta determinación cuesta enormemente a su alma que ciertamente no es de acero.

Alejarse de la margen atlántica es retirarse de la Europa, y por decirlo así del movimiento general del mundo. Los Andes y el cabo, son diques que mantienen la Oceanía y sus riberas en solitaria y silenciosa clausura.

Aunque cansado de movimiento él siente que no es llegada la hora de su reposo y se considera como arrebatado a su puesto en medio de la jornada.

Por otra parte la ribera oriental de América es depositaria de tantos objetos dulces para su alma: la patria, los amigos, los amores, los recuerdos de la primera edad, el teatro de los alegres lances de la vida, todo queda en la orilla nativa. Y el camino que debe alejarlo de todo esto es el Cabo de Hornos, este cabo por el que tuvo siempre un tradicional horror: causa única quizás que le hiciera cruzar la zona tórrida, como pretexto evasivo de los mares australes.

Pero en fin, la decisión es inapelable y es forzoso poner silencio a los ayes del alma.

VI

Como nuestro hombre carece de alas para surcar los mares por sí mismo a ejemplo de las aves acuáticas, es necesario que busque una embarcación para trasladarse a las chilenas márgenes.

Esto será menos arduo que dar con una mujer que nos pilote hasta el puerto de la felicidad. Bastará encaminarse al quai o muelle de barcos pintados que se ven fondeados en la primera columna del Jornal do Commercio.

Una barca de tres palos abre la falange de los buques que se disponen a partir, y a su costado, como en los quais del Havre de Gracia, se lee el siguiente aviso:

PARA VALPARAÍSO

«La muy velera barca inglesa Tobías, del porte de 400 toneladas, clavada y forrada en cobre, estará pronta a dar la vela con destino a dicho puerto el 15 del corriente mes. Admite carga y pasajeros para los que posee una espaciosa cámara y ofrece todo género de comodidades. Ocúrrase para tratar a los consignatarios N.N. Rúa directa, núm. X».

VII

Nuestro viajero que ha ejercido una mitad de las artes de exageración que se puede ejercer en esta vida, lo que equivale a decir que ha sido periodista, demagogo, comerciante y cortejador de damas, cree sin embargo en la religión de los avisos marítimos con tanta materialidad (¿naturalidad?) como una niña que sale del seminario en el primer juramento de amor.

—Velera. hermosa, de 400 toneladas, clavada y forrada en cobre, con todo género de comodidades: ¿puede apetecerse mayor felicidad? Dilatar, trepidar un momento, es perder un tiempo que puede no repetirse. A firmar el contrato de pasaje.

Quien cree en los avisos, ¿por qué no creerá en los consignatarios? Y quien da fe a las palabras de éstos no discute mucho para cerrar trato.

Así el ajuste queda perfeccionado sin más precedente que este corto número de preguntas y respuestas:

El pasajero: Señor consignatario, ¿cuántas millas anda el Tobías?

El consignatario: Muchas, le puedo a usted asegurar: muchas y muchísimas. Ahora, en cuanto al tiempo en que las haga, nada le puedo a usted decir, porque no he andado en él. He oído, sí, a personas fidedignas (el capitán v.g. esto es entre nos) que anda ocho millas por hora.

El pasajero: ¿Cree usted que los buques ingleses sean bastante seguros?

El consignatario: Son los dueños de los mares: este solo hecho hace su elogio.

El pasajero: ¿La construcción del Tobías es bastante segura para no temer que se dé vuelta?

El consignatario: Es tan posible que se dé vuelta el Tobías, como que se dé vuelta el mundo.

Esta respuesta hace sonreír de contento al viajero, sin embargo de que ella no dice sino que el Tobías puede darse vuelta una vez en cada día, pues el mundo tiene un vuelco diurno, como lo sabemos todos desde Galileo.

El pasajero: Se me ha dicho, señor, que el Tobías tiene los palos muy echados para adelante.

El consignatario: Le daré a usted la razón de ello. Conoce usted la antipatía que existe entre ingleses y norteamericanos: este hecho explica todo. Los americanos han hecho sus buques con los palos echados para atrás: los otros han dicho, en vista de eso: pues nosotros haremos nuestros buques con los palos echados para adelante. No es otro el motivo de la diferencia, que le ha llamado a usted la atención.

El pasajero: Dígame usted, señor, ¿y la comida?

El consignatario: En cuanto a eso nada hay que hablar, usted sabe que los ingleses gustan del confortable en todo, y sería hasta inconveniente descender a estipular nada sobre comodidades alimenticias.

A juzgar por las aserciones del consignatario, el capitán del Tobías está metido en un camarote en lugar de hallarse en el nicho de una capilla católica, nada más que por ser de religión protestante, pues en moralidad y prudencia bien pudiera ser monitor de Calvino y colega de Filz-Roy.

Prosigamos el diálogo.

—Dígame usted y perdone —dice el pasajero—, ¿el capitán ha doblado el cabo?

El consignatario: Este cabo, es decir el Cabo de Hornos, no: pero ha doblado otra infinidad de cabos, tales como el Cabo de Gallinas, el Cabo de Finisterre, el Cabo de San Vicente, el Cabo Frío.

El pasajero: ¿Y el precio de pasaje?

El consignatario: Será el de 140 pesos fuertes.

Caro, sin duda, dice para sí el pasajero: pero esto quiere decir que seré tratado con magnificencia.

El pasajero: ¡El tratamiento será excelente, sin duda!

El consignatario: El de un gentleman, por supuesto.

El pasajero: Bien, bien: si no lo merezco, al menos lo deseo.

El sujeto cuyo viaje historiamos, no es zonzo, como hace presumirle el precedente diálogo. Lleva, al contrario, el concepto de hombre espiritual, aunque sean los tontos quienes se lo hayan dado. Pero es de esas cabezas que, inaccesibles a las capciosidades de un periodista, de un abogado o de un hombre de Estado, son como bolas de mantequilla en manos de un artesano o de un negociante.

VIII

El día señalado para la partida se deja ver en el horizonte, y el Tobías está pronto para dar la vela. No porque tenga ya toda su carga, sino porque ya no tiene una hebra de hilo a bordo: tanta es la confianza que inspira a los cargadores de Río de Janeiro.

Doscientas toneladas de piedra, según el capitán, y cien según todas las apariencias, será lo que dé al robusto bajel su escasa seguridad para surcar los mares borrascosos del Cabo de Hornos.

Es llegada la hora de dejar la tierra querida de la América Oriental y nuestro viajero lo ejecuta con el silencio resignado de Luis XVI al marchar a la guillotina.

Tres jóvenes compatriotas suyos, bellos como los tres días de julio (para la Francia) acompañan al mártir al lugar de sus padecimientos. Cada uno de ellos deposita su ósculo de despedida en la frente del peregrino, y se pierden en la noche, que para éste es la del ostracismo.

Desde ese momento, nuestro personaje no es ya un hombre; es un héroe porque es un mártir.

Hasta aquí ha sido un desconocido. En adelante tendrá un nombre y ese nombre será el de Bonnivard.

Este nombre será un préstamo autorizado por vehementes analogías. La ola del cabo, más brava que la del Lemán, bate también las murallas de la flotante prisión más lóbrega que el castillo que encerró al prisionero helvético. Amigo de la libertad como el mártir ginebrino, se ve también encastillado a causa de su pasión, por otros tiranos más crueles que los duques de Saboya.

El prisionero del Chillon tuvo un compañero: el nuevo Bonnivard, tendrá también el suyo, y este nuevo Berthellier será suizo justamente.

El amor a la libertad valió el suplicio al colega del mártir ginebrino. El amor a la plata —ese ídolo de la Suiza actual— es el origen de la prisión de este último. Pecolat se cortó la lengua con los dientes y la arrojó altanero al rostro de los verdugos, que le pedían el secreto de su conspiración. Éste haría otro tanto con el que le pidiese su secreto de ganar dinero: he aquí toda la diferencia.

IX

Tres individuos componen el personal de la cámara del Tobías: el capitán, es decir, el verdugo: y los dos pasajeros, es decir, las víctimas.

El capitán es irlandés.

El primer mártir —Bonnivard— es español americano y el segundo suizoalemán.

El irlandés no sabe español, ni alemán. El alemán ignora el español y el inglés; y para el español americano son un caldeo, el inglés y el alemán.

He aquí tres personas condenadas a vivir tres meses en la mayor estrechez, sin poderse dirigir una palabra.

¿Qué delito ha podido traer a estos desdichados a padecer las tormentas del panóptico?

Poseedor cada uno de una riquísima lengua, tienen que acudir para entenderse, a las muecas y gestos del abate Lepais. He ahí una sociedad que se volvería imposible, si la faltase la luz del Sol o la luz de la vela. Para darse los buenos días, lo mismo que para calcular la altura astronómica, necesitan de la presencia del Sol.

A esos tres roles se agrega una especie de cuarto personaje, un hermoso perro de Terranova, que forma la familia íntima del capitán, y disfruta de sus besos y caricias extremosas. Este rol difiere de los otros, no en que no habla (ninguno de los otros habla), sino en que comprende el inglés; y esta circunstancia le da tanto valor en la sociedad del capitán, que sin su asistencia no hay comida, almuerzo ni diversión.

Se debe presumir que los modales y estilos de este cofrade, no son los de la sociedad más escogida. Así es que no hay pan ni plato seguro a distancia de un pie del borde de la mesa.

En cuanto a los otros actores de la dolorosa comedia, cada uno es un enigma respecto del otro. Profesión, carácter, nombre, todo es recíprocamente desconocido. El título banal de caballero, los uniforma y confunde.

X

Elmomento llega, por fin, en que los eslabones de la pesada cadena empiezan a subir; y los desgraciados cautivos sienten amontonarse ese fierro en sus corazones desolados.

El Tobías despliega, o más bien derrumba sus pesadas velas, que el viento encuentra tan flexibles como los faldones de las baterías del Chillon.

Queda convenido, aunque los ojos nada vean, que la marcha ha comenzado.

Un silencio profundo se hace notar en ambos prisioneros, que mantienen fijos sus doloridos ojos en las torres y alturas de la ciudad que dejan. Pero, la noche antes que la distancia, viene a quitar de la vista el patético cuadro.

A esa hora el ancla vuelve a morder el fondo, y la salida queda postergada porque el viento no es bastante poderoso para arrancar los castillos de su quicio.

XI

La bahía de Río Janeiro, verdadero mediterráneo doméstico, más grande que todos los lagos de la Suiza unidos, tiene también su portero, su conserje, como las grandes casas de Europa. Este rol se halla cometido al fuerte de Santa Cruz.

Es de estricta civilidad que toda embarcación que entre o salga a la capital del imperio, hable con el portero. Nada, pues, si no más sublime, al menos más extraordinario, que este diálogo entre un fuerte y un bajel.

El fuerte pregunta:

—¿Quién eres tú?

El bajel responde:

—Soy fulano de tal.

—¿De dónde vienes?

—De tal parte.

Esto es a la entrada; a la salida el diálogo gira de este modo:

—¿Para dónde vas? —pregunta familiarmente el fuerte de Santa Cruz al bajel.

Y éste responde sin detenerse:

—Voy para tal parte: si se te ofrece algo...

Así que nuestro Tobías hubo cambiado con el Fuerte de Santa Cruz sus dos bocinazos de orden, dio principio a su salida del puerto, con tanta majestad, que estuvo saliendo incesante e indivisiblemente por espacio de tres días con sus tres noches.

Habíase cumplido ya una semana de marcha, y todavía el grave bajel cruzaba su bauprés con las narices del gigante. Tanta era la majestad con que se movía, o más bien con que le movía, no la brisa tropical, lánguida como la mirada de la virgen brasileña, sino la corriente impetuosísima, que existe en la embocadura de aquel puerto.

Una turbonada vino por fin a turbar las eternas solemnidades de la partida, que, comenzada ocho días antes, no se verificó definitivamente sino ocho días después.

Aquí la fe de nuestro héroe en el dogma de los avisos comerciales, empieza a conmoverse. La muy velera barca de tres palos, no se mostraba hasta ese instante sino muy poltrona y pesada. Siniestras dudas sobre la eficacia de las demás promesas empezaban a levantarse en el corazón de nuestro perturbado pasajero.

XII

Frailes barbones, carmelitas descalzos, monjes de las órdenes más ascéticas que haya producido la exaltación católica de la Edad Media: religiosas de Santa Clara y Santa Catalina; discípulos de Pitágoras y sectarios todos de la abstinencia ruda: venid a la mesa del Tobías y avergonzaos de vuestro desenfrenado epicureísmo.

Aquí sabréis que el aceite de olivo es del uso exclusivo de la farmacia, y que el laboratorio del boticario nada tiene que ver con la hornalla del cocinero. Sabréis que la grasa animal no debe salir de debajo de la epidermis con que Dios la cobijó en provecho de sus criaturas huesosas y friolentas. Que el fuego, este símbolo del espíritu vivificador, debe arder solo en los altares, y no en mugrientas cocinas. Que el pan es para santificar las fiestas y no para manosearle cotidianamente. Que el vino pertenece al cáliz del sacerdote católico y no al vaso profano del gastrónomo.

He ahí la poesía de la abstinencia; he ahí la penitencia convertida en himno de acción.

XIII

Pero escuchemos la pintura sencilla del prisionero. Ella excede todos los alcances de la prosa fantástica.

«Tres comidas al día se hacen a bordo del Tobías, o por mejor decir, una sola comida en tres tiempos, como el primer movimiento del ejercicio del fusil. Carne salada y té, a las ocho de la mañana; carne salada y té a las doce del día; y carne salada y té a las seis de la tarde, se ve por esto que no hay cocina a bordo del Tobías; y en donde no hay cocina, tampoco hay cocinero, nada más lógico».

El que desempeña este rol en sus ratos de ocio, en calidad de simple aficionado, es un marinero que recibe 2 pesos más de sueldo por calentar el agua para el té, que es todo su arte y ocupación gastronómica; y le está probado por el testimonio uniforme de todos los demás marineros, que ni para esto es competente.

—¿Qué bichos son estos que inundan la embarcación? —se pregunta un día al capitán; y responde impasible y sereno.

—Son de la galleta.

—¿De la galleta de los marineros por ventura?

—No, señor, responde él, de toda la galleta.

—Luego, ¿la galleta está en mal estado?

—Y que menos, observa el sincero capitán, cuando tiene ya cerca de un año a bordo.

—Esta agua está impotable, se le observa otro día. Eso es —contesta él con su acostumbrada sinceridad—, porque la vasija en que viene es de mala calidad.

No es necesario decir que tales preguntas y respuestas son de ningún efecto sobre el sistema de tratamiento, que continúa invariable con la misma galleta, con la misma agua: así como el capitán con la misma buena cara y contento. No es poco consolador dar con un capitán que da razón y explica buenamente el motivo culpable de todo el mal que hace a sus pasajeros.

Si tenéis la indiscreción de reclamar de esos actos, os responderá el benévolo capitán: Señor pasajero, entre nosotros hay un refrán que dice: cuando vayas a Roma harás lo que hacen los romanos. Con cuya lacónica respuesta se os hará entender, que debéis pagar 30 libras esterlinas por subir a bordo de un buque indecente, para ser tratado del mismo modo que son tratados los marineros mediante un salario de 12 pesos fuertes, que no dan sino que perciben. Y debéis dar gracias a que, según esa ley romana (que casualmente no es de las Doce Tablas), no se os obligue a bregar con los cables, como hacen los romanos, que habitan a proa del Tobías.

XIV

Si el despecho os llevase hasta recordar al capitán del castillo flotante su promesa de dar constantemente víveres frescos o conservados, entonces el ciudadano de los tres reinos, incapaz de faltar a la letra ya que no al espíritu de su pacto, hará que en adelante el indispensable tasajo de beef, se presente cortejado alternativamente de una conserva o de una ave fresca.

Las conservas son dos: un pescado contemporáneo de los reyes faraones y conservado por el mismo sistema que sus momias; y una panza, sin duda la misma en que se formó el primer cuadrúpedo de la creación: ambas cosas conservan tal aptitud a conservarse, tal poder de perpetuidad, que cuando pasan al estómago se conservan allí días enteros con la misma integridad que se mantuvieron años y años en los tarros neumáticos.

De seis patos que vienen a bordo, cada mes expira uno, como vale o pagaré a treinta días, sin contar el término de gracia.

Este pato mensual equivale a un pato chico por semana, hecha la computación de este modo: se guarda el pichón que había de morir este domingo v. g., hasta de aquí a un mes, en que ya es pato hecho y derecho, habiéndose cuatriplicado el pichón; y entonces se come en un solo domingo la suma de todos los patos semanales; mediante cuyo proceder ingenioso es posible conservar la carne de ave fresca hasta la vuelta del Tobías a Liverpool, aunque el regreso sea por el Cabo de Buena Esperanza. Pero es de advertir que en aquel cómputo se ha olvidado un hecho, y es que no se da de comer a los patos, de cuya omisión resulta, que al mes concluido, el pato es más viejo, pero no más grande.

Las tres comidas y los tres tiempos de la misma comida, se suceden con tal celeridad que es menester abstenerse de almorzar para tener gana de comer, y dejar de comer para tener apetito en el té. De modo que el tratamiento alimenticio queda reducido al té de las tardes: té bastante cargado por otra parte, para excitar los nervios hasta quitar el escaso sueño que dejan los continuos temporales del Cabo de Hornos y que permiten las espirituales y pitagóricas comidas del Tobías.

Clasificados, en resumen, los víveres del Tobías, tenemos que se componen de los cuatro artículos o vicios siguientes: té, queso, arroz y carne salada. Contra estos cuatros vicios, hay cuatro virtudes a bordo del venturero buque, a saber: el ruibarbo, el aceite de castor, la sal de Inglaterra y la soda water. Los cuatro vicios y cuatro virtudes se distribuyen los ocho días de la semana del modo siguiente: cuatro días para los astringentes y cuatro para los laxantes.

XV

Pero convengamos en que estas molestias formen un mal bien subalterno cuando se da con una embarcación velera, pues las molestias que pasan con velocidad no lo son rigurosamente.

Veamos las ventajas que ofrece el Tobías a este aspecto; y para ser exactos, copiemos el testimonio de Bonnivard.

»Sabido es que para todos la rosa náutica se divide en tres vientos. Sin embargo, para el Tobías se divide en solo dos, a saber: viento en proa y viento de popa.

»Quevedo, el poeta español, decía: "si quieres que te sigan las mujeres, camina tú delante de ellas".

»La barca Tobías (sin que sea mi ánimo tratarle de plagiaria), dijo también: el modo de tener siempre viento en popa, es marchar por delante del viento. Y desde ese día, el viento y el Tobías, fueron uña y carne, a punto de no tener el viento un solo capricho de que no participe el Tobías sin costarle la menor vacilación.

»Según esto, ¿se encamina el viento para el Sur? El Tobías se le pone de costado y marchan dos y tres días en la más íntima armonía. ¿Párase el viento? Detiénese el Tobías.

»—¿Y... —dice el viento—. Quid faciedum?

»—Ya lo sabéis —dice el Tobías—; lo que gustareis.

»—Yo voy para el Norte.

»—Vamos para el Norte —dice el Tobías—, justamente era ese camino.

»Y la emprenden nuevamente para el Norte, en la misma armonía con que antes marchaban para el Sur. Es entonces cuando el Tobías echa todas sus velas, grandes y pequeñas; pues en esto consiste todo el secreto de su navegación. Cuando el viento de popa es favorable, es decir, cuando es en ruta, el Tobías anda con todas las velas; cuando el viento de popa es adverso, entonces marcha con una sola.

»Las millas se dividen para el Tobías en millas laterales o de flanco y millas de frente. En virtud de esta división, cuya nomenclatura parece tomada al arte estratégico, las marchas del Tobías están sujetas a la siguiente ley. Imagínese un triángulo rectángulo determinado por las letras A, B, C, siendo B el ángulo recto. Cuando el Tobías quiere marchar de A a C, con viento de B a C, por suave que éste sea, le basta con marchar de A a B, para encontrarse al cabo de dos días, por ejemplo, si la distancia es de diez millas, en el punto C. A menudo sucede que este resultado falla: y no escribo una exageración, si digo que las más veces el destino del viaje es tan incierto como un tiro de dado. El puerto de arribo y dirección, no es menos ignorado que la suerte contenida en una cédula cerrada de lotería. A eso de un mes o dos de navegación, el centinela de proa da la voz de: ¡tierra! Entonces, como sucede en el juego de naipes que los paisanos llaman el monte, los marineros y toda la tripulación comienzan a discutir sobre si será sota o as, es decir, Filadelfia, Falmouth o Valparaíso, hasta que un marinero exclama: ¡Cádiz! ¡Cádiz! Y resulta, en efecto, que el viaje había sido para España.

»El Tobías es partidario del justo medio (menos en cuanto a la dirección de los vientos, pues queda visto que es furioso radicalista por el viento en popa); es partidario del justo medio en lo que toca a la intensidad de los vientos: los quiere ni muy suaves ni muy fuertes.

»Si el viento es suave, se deja estar quieto. Si es fuertísimo tampoco se menea. En este punto se diría que es un verdadero portugués, por lo enemigo de ventarrones.

»Existe a bordo del Tobías como antigua sabandija de la casa, la tradición de unas ocho millas, que alguna vez saliendo de su habitual gravedad se atrevió a hacer. Ninguno de los marineros vivientes al presente en el barco, lo vio con sus ojos. Se asegura que el capitán recibió, con el mando del buque el depósito de esta gloriosa tradición, y a ella es que se atienen los consignatarios, cuando aseguran por fe que el Tobías anda ocho millas. Yo, por mi parte, aseguro que no deseara andarlas, porque veo que para ello sería necesario que se desatasen los más horribles vientos del polo. De los ocho nudos del lock, máximum de la velocidad del Tobías, solo cuatro están mojados; el resto de la cuerda está en hoja, como salió de la fábrica.

»El Tobías lleva timón, no porque le necesite, sino por homenaje a la opinión pública de los marinos.

»El Tobías ama la capa, como un estudiante de Salamanca. No bien refresca el viento cuando ya se envuelve en su nube. Y como en el Cabo de Hornos casi siempre reinan los vientos frescos, el Tobías lo pasa de capa desde que llega a los 50º.

»El día que corre viento en popa, el Tobías es un carnaval de Venecia, todo el mundo se desquicia de contento. Se prodiga el agua, la cerveza, la galleta. Se abrazan los unos a los otros anegados en placer, como si ese día se hubiese de ver tierra. Es el cuadro de Los náufragos de la Medusa, en el instante en que divisan una vela en el horizonte. En vista de esto, ¿se diría que el caso opuesto esparce el luto en la tripulación? Nada de eso: la costumbre de esta desgracia ha vuelto a todos insensibles a ella. Andar para atrás es tan natural en el Tobías, como en el cangrejo.

»Cuando el mar se encrespa y se divide en cumbres separadas como las montañas del sistema álpico, el Tobías no vuela de cima en cima como el águila del Monte Blanco. Su figura redonda y negra le da más semejanza con el rastrero reptil llamado vulgarmente sapo, al cual parece remedar andando a brincos. Se suele parecer también en estos casos al soldado de infantería cuando marca el paso sin moverse de un solo lugar.

»En Río de Janeiro es conocido el destino de la estufa, como en Laponia se conoce el uso del abanico. ¿Quién es el que no ansía por el hielo del polo, en medio de los abrasadores calores del Brasil? Sin embargo, 40 grados de latitud cambian este modo de ver las cosas mejor que ochenta años de edad. No tarda pues en dejarse de ver el día en que se suspira por lo que antes se miró con desdén. Ese día llegado, pida usted fuego a bordo del Tobías, y sabrá entonces que la hermosa chimenea que observó al soslayo, al visitar por la primera vez el buque en la abrasadora bahía, solo es simulacro de chimenea, como esas ventanas que se pintan en la pared para dar armonía a los edificios incompletos. A la chimenea, es verdad, suplen como medios de entrar en calor, el baile de la pieza inglesa, y el cigarro-tizón de mi compañero de viaje. Pero desgraciadamente, el primero de estos dos discursos, después de reiterados ensayos, resulta impracticable en mares por lo general agitados y tempestuosos. Y el cigarro-tizón tiene el mismo inconveniente de la chimenea, de no tener tubo para dar salida a la masa de humo con que darían vuelta las ruedas de un vapor de alta presión».

XVI

Pero, ¿dónde hay bajel malo cuando la tripulación es buena? Veamos la del Tobías.

De los dieciocho marineros del programa de viaje manifestado antes de la partida, solo resultan catorce, de los cuales únicamente cuatro son realmente marineros. Los otro diez son aficionados al gremio, recogidos como la leva voluntaria en las calles de Liverpool. Así, el Tobías es una escuela náutica.

El día de la partida es expulsado del rol el segundo piloto. Su delito es haberse embriagado en tierra, como si para trasladarse de la taberna a su casa, hubiese necesitado calcular la latitud o echar el lock.

Un segundo piloto es necesario. ¿De dónde sacarle? De donde salió el otro, de donde sale la mitad de los segundos pilotos ingleses, que solo son pilotos figurantes.

Se toma el marinero más limpio del rol, se le manda que lleve corbata y capote, que se lave la cara todos los días: se le trae a la mesa, y tenemos ya con esto solo un piloto de más y un marinero de menos.

Hay en el Tobías una buena costumbre, la de que nadie bebe aguardiente ni vino, excepto el capitán y los pilotos, de modo que si la cabeza está sujeta a vaivenes, los pies están seguros.

Los marineros están condenados a abstinencia, para prevenir la repetición de un suicidio que un piloto borracho cometió en el mismo buque echándose al agua.

El judío autor de esa medida y propietario del buque, en vez de privar la bebida a los pilotos, la priva a los marineros, con lo que autorizó la creencia del vulgo, que entre los judíos pagan los justos por pecadores.

El capitán de un buque en muchos casos es a los pasajeros, lo que el médico al enfermo, su consolador. El del Tobías, no es así: sus palabras son más temibles que la tempestad.

—¿Qué tal tiempo tenemos, capitán?

—El peor que he visto en mi vida.

—¿Cuál es el peor mar de todos los conocidos, capitán?

—El que tenemos bajo nuestros pies.

El sirviente de cámara es daguerrotipo moral del capitán. Solo sabe dos palabras en español: mal viento; y si mal no entiendo, las sabe en todos los idiomas, a fuerza de ser el caso más ordinario que le sucede al Tobías, para el cual es malo todo viento que no sopla directamente a su rumbo. Este John, que es su nombre, os despierta todas las mañanas amablemente con sus palabras mal viento. En el día, su caricia ordinaria, a cada encuentro, es mal viento.

Por lo demás, este buen John, es incapaz de molestar a nadie con sus comedimientos, pues ni los conoce.

XVII

A ningún desventurado le faltan momentos de consuelo, instantes de felicidad, que brillan como relámpagos de vida en la noche del dolor. Los tiene nuestro peregrino como cualquier otro desgraciado; y grato a las bondades parsimoniosas de su estrella, los conserva y recuerda. He aquí la transcripción textual de lo que hallamos en su diario:

«Hoy es domingo. Sentado sobre cubierta, con los brazos cruzados, contemplo el hermoso cielo de que me alejo. Tengo a mi derecha una jaula y a mi izquierda una ventana. En la jaula canta un canario; y en la ventana canta el capitán los himnos de David, según el ritual de los protestantes. Solo él y el canario tienen derecho de cantar en el Tobías, en este día religioso.

»En este instante parece haberse cansado de cantar el de la ventana, pues observo que continúa los salmos silbándolos en vez de cantarlos. Me asomo por accidente, y veo que ejecuta el bíblico silbido con rostro grave, alzados los ojos a Dios y todo él bañado en recogimiento y unción.

»¡Pobre infeliz! En este instante le perdono todo. ¿Qué importa que se ponga a cuatro pies y juegue a mordiscones con su perro en Terranova? Es irlandés, quiero decir jovial. Byron sin ser jovial ni irlandés, ¿no hacía cosas iguales?

»¿Qué importa que entre día repita sus libaciones del néctar de la Antilla inglesa, desatado en agua fresca? Es peninsular, es decir, hombre cronómetro. Meted un buen reloj inglés en espíritu de vino, y le veréis dar las horas a su tiempo. Un inglés destilado y convertido en •, no dejaría por eso de cumplir con su deber.»

La mitad de sus escasos goces los debe Bonnivard a las cualidades amables de su compañero de viaje, el alemán-suizo. Sábese lo que es un alemán puro y neto. No un alemán como Hegel o Goethe, ni un alemán de Berlín o Viena. Hablo del buen alemán de las campañas suizas; de un alemán de esos que contestan —muy bueno, por la tarde, cuando le preguntáis— ¿cómo está usted? Por la mañana: un alemán de esos que fuman ocho horas y piensan diez antes de decir —esto es blanco, o esto es negro—; que oyen hoy un chiste y mañana recién ríen de él. Tal es, más o menos, el alemán que el destino da por compañero de viaje a nuestro cautivo del Chillon andante.

«Cuando el piloto se ve acometido por un acceso de nostalgia o mal de patria, hace de su camarote una Bretaña artificial, es decir, lo llena bien de humo y se mete en él. Yo, que tengo el mío situado al Norte del suyo (lo que equivale a decir que el mío es la Escocia de su Inglaterra) no puedo menos que participar de la nebulosa atmósfera del país vecino, que, en cuanto a humo, forma con el mío un verdadero Reino Unido. En vano ha exigido un repeal; lo he conseguido como lo obtendrá O'Connell, es decir, de un modo que después del repeal es mayor la unión que antes. En efecto, a pesar de un engrudamiento formal a todas las endijas, recibo todavía soberbios humazos de un tabaco que infelizmente no es del que fuman los turcos.

»En cuanto a endijas, la cámara del Tobías, es una filigrana chinesca: no en lo acabado y pulido, sino en la filigrana. Bien se advierte que el arquitecto fue tan precipitado en la construcción de su obra, como la obra es morosa para navegar; pues el rudo escoplo casi nunca concedió el honor del da capo a estas tablas vírgenes casi como salieron de las florestas de Montreal.

»Los goces de la lira no me faltan a bordo. Un canario, especie de compatriota mío por lo que ambos tenemos de español, nos canta durante el día: y en la noche, ratones, también medio paisanos, por cuanto son brasileños. Es fácil colegir, que no abundamos en tenores; y que el repertorio de nuestros agudos dilettanti, no debe ser numeroso y variado.

»En la primera noche de nuestro viaje, un ruido que tenía todos los visos de un amotinamiento del rol, me determinó a preguntar a uno de los marineros por la causa de aquel extraño movimiento.

—No es nada, señor —me contestó—, son los ratones.

—¡Cómo! ¿Tantos ratones traemos a bordo?

—Vienen los suficientes —replicó él, sin sombra de ironía, como si hablase de leña, agua u otro artículo de necesidad.

Busqué sentido a este extraña expresión, y le hallé uno muy racional en cuanto aquellos animales componían por su número y peso una tonelada de carga, muy útil suplemento a nuestro escaso lastre.»

XVIII

Y bajo estos auspicios, bajo estas sensaciones, rodeado de este amargo concurso de circunstancias, es que nuestro peregrino abandona la ribera en que queda la patria: la patria, que no se debe dejar nunca, cuando no se sale de ella por un camino plantado de claveles y empedrado de esmeraldas.

Por una ley del corazón, bien conocida, desde que nuestro hombre se ve en cautiverio, la patria se retrata en su memoria con tintas de una belleza mortificante. Entonces todo lo que antes era indiferente, se le representa caro y precioso. Entonces no hay un bello día, no hay una hora de felicidad pasada, una escena querida, un solo objeto de su antigua afección que no se retrate más bello en la memoria del que camina al país siempre estéril del extranjero.

Para que estas impresiones sean más dolorosas, la marcha del buque es insensible: la agonía es sin término. La fisonomía agonizante de la patria está siempre en el horizonte.

Perdida toda esperanza racional de salvación, el desdichado se sumerge en el sueño de las esperanzas quiméricas: un contraste, una arribada forzosa al Río de la Plata, es su ensueño de felicidad. La inconcebible torpeza de la embarcación, le hace persistir este pensamiento.

A los dolores morales de la ausencia se agregan las mortificaciones materiales del mal tratamiento, y más que todo los tormentos del aislamiento. ¡El aislamiento! ¡Oh! Este suplicio le arranca imprecaciones vindicativas, de carácter extraño. He aquí sus propias palabras:

Bentham, Dumont, Tucqueville, que propaláis el sistema penitenciario en nombre de la humanidad: algún día seréis juzgados por esta humanidad, como sus más crueles enemigos. Sois los inquisidores de la legalidad. Vuestro sistema, sobrepasa en barbarie a la rueda, a la hoguera, a los más espantosos castigos de la edad salvaje. Habláis contra la mordaza que ahoga la blasfemia; y atáis la lengua del desgraciado que aspira a decir palabras de amor y arrepentimiento.

«El panóptico cura el vicio, pero mata la razón. Lo que sustrae a las cárceles, lo da a los hospitales. Destruye la especie, lo mismo que el crimen. Institución estéril, paralogismo abominable, tus falsos prestigios se desvanecen por fortuna de la humanidad.

»Para el hombre del Norte, no sois pena, porque su deleite es callar. Para el corazón expansivo del Mediodía, sois la muerte misma, porque sois el silencio que distingue al cadáver: y que hace caer de su trono a los reyes, que lo imponen por violencia a los pueblos.

»En París se trabajan hoy dos bastillas. Todo el mundo habla contra las fortificaciones, y nadie contra el panóptico, sin embargo de que es más difícil embastillar una capital de un millón de habitantes, que reducir a la mudez a un pobre escritor por la celda penitenciaria.»

XIX

¿Adónde va esa multitud de embarcaciones de andar animado y alegre, cuyas velas parece que soplara el placer? Al Río de la Plata.

Estas brisas dulces como el aliento de las vírgenes ¿adónde dirigen sus alas armoniosas e invisibles? Al Río de la Plata...

¿Qué región es aquella que aparece coronada de luz después que el Sol recoge su cabellera de topacios? Es la región del Plata.

Estas aguas pintadas con las tintas del arco iris, que se deslizan por debajo de nuestra embarcación, ¿a dónde se encaminan? A abrazarse con las dulces aguas del Plata.

«Al ver el movimiento occidental de las estrellas y de todas las pompas del firmamento, se diría que la vida universal se encaminaba hacia los climas argentinos.

»¿Y solo yo, por Dios, adónde me dirijo? Solo yo me voy lejos del Plata, hacia los mares fríos y lóbregos de Austro, adonde no van las dulces brisas, los astros del cielo, las expediciones alegres del comercio.»

XX

He ahí los monólogos en que el prisionero pasaba las largas horas del comenzar de aquel viaje eterno.

Cada mañana los mismos dolores, cada tarde a la vista del rosado horizonte de Buenos Aires los mismos pesares. Y en el Tobías la misma lobreguez, la misma calma y hasta la misma posición. La impasibilidad de aquel buque era tal, que un geógrafo precipitado hubiera podido tomarse por penedo, y no sería milagro que viésemos todavía alguna carta náutica en que apareciera señalado como tal.

Sucediéndose de este modo los días a los días y las noches a las noches, el dolor que no es más duradero que la felicidad, empezó a declinar; y nuestro héroe revistiendo el mando de insensibilidad de los estoicos, alzó un día su corazón abatido y protestó cumplir con la serenidad de hombre el destino a que se encontrase sometido sea cual fuere.

Esto acontecía a la latitud de 30º Sur. Pero como nuestro Tobías es susceptible de cambiar de posición, del mismo modo que cambian los mares y los continentes según lo demuestran los geólogos, llega un día en que el aluvión a la vela, se presenta en la altura de la isla de Lobos, como queriendo formar polinesio o archipiélago con ella. Entonces nuestro Bonnivard no puede dejar de trazar en su diario estas palabras sentidas y melancólicas:

«21 de febrero de 1844. He pasado los días de ayer y hoy en frente del Río de la Plata. Me había preparado para verter lágrimas en esta travesía; pero me he encontrado superior a mí mismo.

»Esta mañana corría viento pampero, es decir, viento de Buenos Aires. Si mis sentidos eran veraces, yo he creído percibir el aire zahumado de los campos argentinos. A cuatro grados de longitud de la costa, en día y medio de buen viento habríamos podido fondear en Montevideo. Hacía uno de esos días nublados tan dulces en la estación de los fuertes calores.

»Recordé que era el mes de vacaciones para los estudiantes de Buenos Aires: querido mes en que he pasado los días más alegres de mi vida, vagando con mis joviales compañeros de estudios, unas veces sobre las riberas del Paraná, otras en las graciosas campiñas de San Fernando.

»Esta tarde se ha puesto el Sol en el horizonte de Buenos Aires, que está delante de nosotros. El cielo estaba despejado y el horizonte pintado de hermosísimos colores. La Luna tenía tres días, y escondía su asta plateada entre los vapores carmesíes de la tarde. Algunas aves acercaban nuestra embarcación, y daban mayor movimiento al horizonte panorámico. Estas aves son argentinas, pensaba para mí. ¡Cuánto las quiero! Si fuese cazador me guardaría de tirarles, como a las niñas de mis ojos. Venía la noche: todo hacía creer que sería para Buenos Aires una de esas noches que en época más venturosa para la noble ciudad, sus calles elegantes se inundaban de alegres y bonitas mujeres, atraídas por los ecos de la música.»

XXI

Se sabe que por los 38° latitud, en cualquiera de los hemisferios, ya el mar pierde ese color de rosa y esa calma de primavera de los climas tropicales. Por esta altura, un día la brisa austera de los climas templados, hace pasar su soplo sobre los crujidores palos del Tobías, y el gesto severo del cielo polar, hace pasar por la frente del novel capitán un fantasma de arrepentimiento que le determina repentinamente a dar la proa al Río de la Plata, y la espalda al Cabo de Hornos.

Para un irlandés, pensar y hacer no son dos cosas. La decisión es practicada tan presto como concebida.

El lector atento a lo pasado hasta aquí, podrá calcular el cambio que ella produciría en el espíritu del peregrino. El momento es solemne, copiemos sus expresiones:

«Aurora de libertad, destello inesperado de ventura: si no eres un sueño de mi fantasía enardecida, yo te saludo hincado de rodillas.

»Patria de mi vida, objetos caros a mi alma, que yo creí perdidos para siempre, ¿será posible que mañana nada menos, tenga la dicha de rescataros?

»¡Oh momento de resurrección y de vida! Las márgenes risueñas del Río de la Plata, van a dibujarse delante de mis ojos, que ya se habían cerrado para todas las cosas alegres de la vida.

»Mañana, cuando el pontón aborrecido haya arribado a la orilla libertadora, mis amigos naturalmente asaltarán su bordo de tropel; y, como los warneses vencedores del castillo del Lemán, exclamarán exaltados:

—»Bonnivard, ¡está libre!

»Y quien sabe si al preguntar yo a mi vez:

—»¿Y la patria?

»No me contestan:

—»Libre también.

»Así la Providencia en un momento inesperado da vuelta el astro de nuestra fortuna y lo hace brillar con la luz hermosa de la esperanza.»

Sería eterno aglomerar las expresiones que el entusiasmo arrancó de aquel corazón desventurado, en esos momentos de crepúsculo y esperanza.

Pero esta dicha solo duró dos días, pues otros tantos duró la terquedad triunfante con que el viento del noroeste, azotó la proa del Tobías, que fiel a su culto por el viento en popa, no tardó en darla al suspirado Río de la Plata.

El peregrino en vista de esta ocurrencia verdaderamente providencial, cruzó los brazos y dijo resignado, para sí.

—Sea todo por el amor de Dios.

Desde ese día puso freno al curso de sus emociones, y aplicó su pensamiento frío, al examen de las ideas que el progreso ordinario del viaje hacía nacer.

XXII

A los 40° de latitud, el viento noroeste, como fatigado de llevar por delante aquella montaña, dice alto un día; y el Tobías, inseparable de la voluntad del viento, dice alto también. Allí uno y otro permanecen por dos días en completa inmovilidad.

Nápoles, situada en latitud análoga, en el hemisferio opuesto, no presenta cielo más puro, más intachable y bello, que por aquella vez se mostró al peregrino el último cielo de la República Argentina. Él le disfrutó a su gusto, y hasta el Tobías llegó a encontrarse tan avenido con la inmovilidad terrestre, que pareció deseoso de convertirse en cosa raíz, en fundo y renunciar para siempre el vano propósito de navegar, opuesto a su complexión. Duró esa situación hasta que una repentina niebla puso una especie de frontera entre el firmamento argentino y el de Patagonia, ni más ni menos que como se separan ambos países en las cartas de los geógrafos ingleses.

Curiosas son las ideas que los climas meridionales hacen nacer en el peregrino a medida que se interna en el Sur. Si las ideas no han reñido con los afectos y las imágenes, creo que ellas no estarán dislocadas en esta especie de itinerario libre, al través de la América más austral.

«Los pueblos de la América meridional cesan justamente en este hemisferio, en la latitud en que comienzan los más bien situados de la Europa, en el hemisferio opuesto.

»Se puede asegurar que la más bella parte de la América del Sur, está desierta hasta hoy y abandonada a los indígenas. Hablo de la Patagonia, tan rica en minerales, campos, bosques, bahías y ríos navegables. Se ha dicho que la habitaban los gigantes. Eso será lo que se realice en lo venidero, cuando los nuevos pueblos de la hoy solitaria región, alcen su cabeza viril y poderosa.

»Ni la España, ni sus descendientes son culpables del abandono en que hoy yace.

»La lengua española es una lira, que no tiene armonías en los climas polares. Perla de Arabia, necesita de un Sol lleno de colores, para lucir su oriente.

»Los árabes amaron siempre al África y a la España, vecina y hermana del África.

»Los americanos descendientes de árabes y españoles quedarán para siempre encerrados en los 80 grados centrales, los más hermosos de la tierra.

»Los españoles no poseen en ninguno de los dos hemisferios, establecimiento más allá de los 42º. Hay razas fuertes para el calor, como las hay para el frío. La raza española, hija de la arábiga, es una de ellas.

»Los árabes descubrieron el Ecuador como los ingleses el polo.

»Las razas glaciales que habitan el Norte de la Europa, serán las llamadas a poblar los extremos fríos del Nuevo Mundo.

»La Patagonia, este Oregón del Sur, no verá bailar la cachucha con la cabeza desnuda a la gaditana cambiada en indiana de Occidente.

»Los que confundís la libertad con el polvo, si aspiráis a tener una bella patria, no la busquéis exagerada y desmedida en territorio como el Brasil, este vasto imperio de los mapa-mundis. Procuradla grande por el número, espíritu y actividad de sus habitantes; por la fuerza y excelencia de sus instituciones.

»La Suiza es un baluarte de libertad: Rousseau y Sismondi, Necker y Guizot, han salido de sus escuelas para ilustrar la libertad del mundo. Sin embargo la provincia argentina de la Rioja, que no posee diez mil habitantes, es dos veces mayor que la Confederación helvética.

»Poblad las pampas y el Chaco, o por mejor decir, poblad ese desierto doméstico que llamáis Confederación Argentina y que solo es una liga de parajes sin habitantes: y dejáos de disputar territorios, que os envanecen e infatúan.

»Si la bandera de Albión, por ejemplo, se instalara en esas soledades, ¿qué resultaría? Que al cabo de un siglo veríamos crecer bajo sus ondulaciones a la Boston, a la Filadelfia del Sur. No temáis las colonias: Washington y Jefferson, Moreno y Argomedo, son hijos de ellas.

»Todo cuanto se hace en este mundo sirve a la libertad, hasta la obra de los tiranos. La bandera de mayo no hubiera venido al mundo, si la de Carlos V no arrebatara un día las márgenes del Plata a sus salvajes moradores del siglo XVI.»

XXIII

Sea que la política comprenda en realidad esas ideas, o que ellas pertenezcan a una acalorada fantasía, el hecho es que son producto de la reunión de disgustos que la rigidez del clima hace sufrir a la imaginación tropical del peregrino.

Y no objetéis que él no puede juzgar porque solo conoce de paso esas regiones: las conoce a fondo, por el contrario, porque tiene motivo para ello. Para el Tobías, cruzar un país es tener residencia en él, es habitarlo, es domiciliarse en él. Nuestro viajero, según eso, puede asegurar que es vecino antiguo del Cabo de Hornos, y hablar como antiguo morador de la tierra, sobre asuntos magallánicos.

Él nos refiere, en esa virtud, que para los buques procedentes del Atlántico, el pasaje del Cabo de Hornos es como el asalto de una ciudadela, custodiada por cuatro centinelas gigantes, que mudan la guardia alternativamente. El primero es el viento Sur; el segundo es el Sudoeste; el tercero el Oeste, y el cuarto el Noroeste. El cabo de escuadra de este piquete, el que preside a todos los cambios de guardia, es el viento Sudoeste. No pasa un movimiento en que él no intervenga; o más bien, todos los movimientos empiezan y acaban por él. Es como el Mirabeau de esta asamblea de soplones; los otros oradores hablan solo para darle ocasión de hablar: pero siempre cierra él la discusión.

Contra este formidable poder militar ¿qué hará nuestra ciudadela flotante?

Visiblemente son desiguales las fuerzas: pero no importa. La astucia suple al poder. La señal del combate está dada, y el Sudoeste abre la jornada.

El Tobíasle deja venir, recoge sus velas y se deja estar tan quieto, como el mismo Cabo de Hornos. Al Sudoeste sucede el Sur: el Tobías inmóvil. Al Sur, el oeste: el Tobías impasible. Al oeste, el noroeste: el Tobías como una roca.

A la vista de tanta inmovilidad, el enemigo acaba por creerlo un peñasco de la Tierra del Fuego, y abandona el campo burlándose de su propio chasco.

Pero no para ahí el ardid. Es necesario, es posible asaltar al enemigo y tomarle su campo. El Tobías se apodera, al efecto, de la táctica de los cazadores de perdices. Haciendo jornadas de dos minutos por día, mantiene al enemigo en el error de creerle inmóvil. El astuto castillo toma por aliados unos tres meses al año, y con este contingente de tiempo, su estratagema obtiene la corona del éxito. En efecto, el leal febrero le acompaña hasta su último aliento y lo entrega a marzo; marzo lo entrega a abril y abril expira con el gusto de ver la entrada victoriosa del Tobías en el puerto de Valparaíso.

He aquí un derrotero completado por el viento, las corrientes y el tiempo a despecho del timón del octante y del piloto. De este modo fue que el aluvión enseñó a conocer el arte de la navegación a los hombres, por más que lo ignoren los analistas de la mar.

XXIV

Curiosas son también las consideraciones siguientes con que el peregrino procura desvanecer las preocupaciones existentes contra el Cabo de Hornos, en provecho de la navegación del Sur:

»Por imponente que parezca este aparato de resistencia del cabo, no lo es sino para buques como el Tobías.

»El viento adverso triunfa del grosero proyectil, pero la sutil flecha los traspasa insensiblemente.

»Que lo bajeles australes imiten las formas del dardo y el Cabo de Hornos dejará de ser una montaña insuperable para la marina atlántica.

»El verdadero, el temible Cabo de Hornos, es un buque como el Tobías.

»Todos los mares son ecuatoriales, en lo apacibles, para embarcaciones en que la ligereza de la construcción, la pericia del capitán, la abundancia y aptitud del rol, la gentileza del tratamiento, se conciertan en una medida conveniente.

»¿Qué presenta en efecto de malo el Cabo de Hornos? ¿Viento contrario? »¡Dónde no lo hay para un lerdo pontón!

»¿Frío? siempre le tendréis al lado de chimeneas simuladas.

»¿Tempestades? las ve por docenas el que se domicilia en el mar, es decir, el que se embarca en un aluvión de tres palos.

»¿Costas peligrosas? Lo son todas para buques en que el timón es un resorte que no rige. Enfrenad un tonel y veréis que el freno no es un instrumento de dirección como en la boca de un caballo.

»¿Hambre? mejor para el pasajero, si el buque le ofrece con qué satisfacerla. Si no es así, culpad la miseria del capitán, no al mar, que en ninguna parte da manzanas y garbanzos.»

XXV

Todo esto no quiere decir que el mar del cabo sea tan bonancible como el primer maestro de escuela del peregrino, que, desvelado en estudiar los mejores métodos de enseñanza, pasaba las horas de la lección durmiendo a pierna suelta con sus discípulos. Veamos cómo nos pinta la índole verdadera del cabo:

»He visto el ceño del Río de la Plata en días de su mayor cólera: he oído el trueno del golfo de Lyon: conozco los mugidos del Canal de la Mancha; y la ira del Mar de Cantabria. Pues bien: estos campeones son soldados rasos al lado de nuestro señor cabo.

»Sin embargo, el cabo en sí, el islote de este nombre, tiene en su seno la bahía de San Francisco; y no es tan malo un lugar que, en vez de riesgos ofrece asilo a los navegantes.»

Por lo que hace al Mar del Cabo, no es otro que el grande océano Pacífico. En el grande océano, todo es grande, la brisa y la ola, la cólera y la bonanza. Ni el elefante puede acariciar como el perrillo de faldas: ni el mar-mundo puede tener blanduras para balleneras y pontones. Solo al fuerte es dado comprender la benignidad del fuerte.

Por lo demás, no es posible desconocer la coincidencia de los tiempos en que se daba nombre a estos parajes, con los bellos días de la sátira española.

¿Se puede llamar de otro modo que por burla Cabo Frío, en el Brasil, al que en realidad es un cabo del infierno por lo caluroso?

Por el contrario, lleva el nombre de Cabo de Hornos el paraje más frío que contiene la América del Sur; y Tierra del Fuego a la que mantiene en la cresta de sus montes, hielos más viejos que el mundo.

Con igual propiedad es llamado Pacífico el grande océano. Es verdad que él solo tiene guerra declarada a las malas embarcaciones y en especial al Tobías, para quien solo tiene tormentas, corrientes y lluvias; pero su paz es como la de esas grandes capitales en que la calma es tumultuosa: paz animada que resuena y conmueve como la guerra misma.

Nuevo Mundo es llamado el mundo americano: y si es cierto lo que ha leído el naturalista D'Orbigny a la Academia de París, el niño resulta ser nada menos que tatarabuelo del llamado viejo mundo. De este modo, si los registros de bautismo y estado civil, descubiertos por el sabio francés, llegan a admitirse como auténticos, tendremos que el hoy reputado jovencito pasará sus juguetes de niño a su verdadero cadel, y recibiría de éste la peluca y el bastón de la senectud. ¡Qué chasco entonces para el porvenir, este coquetón que había puesto sus ojos para su desposorio con la chicuela llamada por antonomasia virgen América!

XXVI

Así como fuera injusto para la mula de silla, que su señor conducido por ella de San Felipe a Santiago, dijese que había sido traída por su recado: así sería ingrato de parte de Bonnivard, si dijera que había sido traído a Chile por el capitán y el piloto.

Si algún piloto, dice el peregrino, ha intervenido en la dirección de mi viaje, no es seguramente otro que aquel que en el mar azul que se despliega sobre nuestras cabezas, pilotea esos brillantes bajeles que jamás tropiezan los unos con los otros y se llaman astros del firmamento.

Fijad, si no los ojos en el derrotero del Tobías, y hallaréis más lógica en el giro de la mosca en el aire, en la marcha de la hoja que desciende del árbol. Si ponéis en balanza lo que han hechos los vientos por sí mismos, y lo que ha hecho el capitán, hallaréis que los progresos son debidos a los primeros, los obstáculos y retardos al segundo: el uno que nada omite por perderse: los otros que parecen apalabrados para salvarnos.

Y si alguna razón tuvieses, bajel abominable, para pretenderte autor de la terminación de mi viaje, no sería más que un motivo nuevo de encono contra ti, pues no habiéndome hecho perecer al principio de la peregrinación, me has dado a conocer los tormentos del calabozo, que quise evitar dejando el suelo ensangrentado de la patria. Muéstrame si no el reo de Estado, que haya sufrido en las cárceles de la tiranía lo que he padecido entre las tablas siete veces malditas de tu cámara. ¿No habría sido más feliz perecer en los calabozos ennoblecidos por el martirio de los patriotas y la brutalidad del despotismo?

No tendría yo razón, si alguna vez al poner mis pies en tierra, me despidiese de ti con estas palabras: «Queda en poder de las olas vengadoras, perverso sitio de pesar y enojo: que el fuego del cielo devore tus tablas sin dejar al viento el placer de aventar tus cenizas: que las olas rabiosas desaten tus maderos en tantas astillas, como arenas contiene en su fondo el mar».

Pero, ¡ay! Si la tierra en que he de emitir semejante voto ha de ser la tierra querida de Chile, me arrepiento de pronunciarlo. ¿Qué vehículo no es digno de gratitud cuando nos conduce a países como ése?

XXVII

Esa corona que despide rayos de dulce luz ante la que se postra arrodillada la mitad del género humano, no está formada de diamantes, sino de clavos y espinas.

El laurel de la mundana gloria está erizado de agudas puntas, que hacen gemir la cabeza refulgente que le ciñe.

La castidad celeste de las vírgenes habita los claustros helados del monasterio. Crece el diamante en el seno de la piedra; la perla en el fondo tenebroso del mar, y el encanto de los púdicos amores en las sombras del misterio.

Así Chile vive cercado de los hielos de los Andes, de las tempestades del cabo, de la extensión inconmensurable de la Oceanía y de la pestilente mar de las Antillas.

Centinela vigilante del Porvenir para el cual reserva Dios el mundo marítimo por teatro de la grandeza definitiva del género humano. Chile lleva en su frente un blanco turbante de hielos coetáneos del Sol; tiene a sus plantas al grande océano, que, como el león de Bengala, acaricia generoso sus graciosos pies; zonas de mirto y de aromos estrechan su cintura, que se apoya sobre montes de oro y plata; y un Sol siempre resplandeciente hace sonreír las flores de sus campos mecidas por brisas amables cual incensarios suspendidos en el aire para sahumar su atmósfera de vida y de consuelo.

Oriente del oriente, hacia él es donde se dirige el poético habitador del Jordán y el Eúfrates para saludar la aurora del día y ver salir la estrella matutina.

Las azucenas de Sión aparecen humildes al lado de sus vírgenes que perfuman el pasto de sus valles con el aroma de sus pasos inocentes.

El vuelco de la bóveda celeste a la hora en que el alba extiende su color de rosa sobre los campos, es menos ameno que las laderas de sus montañas, blanqueadas por grupos de corderos, que apacientan entre aromas.

Como Dios da cierta configuración externa a la cabeza que sirve de alojamiento al genio, así también provee de cierta configuración territorial al país que tiene por misión el apostolado del progreso. Sin regiones clandestinas, abierto como una anfiteatro a las miradas del mundo, accesible por todos sus puntos al roce del extranjero. Chile tiene en su suelo escrita la ley de su unidad nacional, es decir, de su existencia política, pues en la lengua del publicista, la unidad quiere decir la patria.

Su suelo exento de reptiles destructores y la índole blanda de toda su naturaleza, hace ver que su destino social es esencialmente saludable para el orbe americano.

XXVIII

He aquí el país, que un día tiene la desgracia de ver aparecer en su más bello puerto al calamitoso fantasmón, que lleva el nombre de Tobías.

La estampa de Bonnivard saliendo de entre las negras velas del flotante calabozo, sería digno tema para el pincel de Ribera el Españoleto, pues la pluma es impotente para describir ruina tan expresiva.

El que haya visitado el Museo de las bellas artes de Ginebra debe recordar un retrato de Bonnivard, ejecutado por un pintor español, en el momento en que los warneses invaden el castillo Chillon y dan libertad al prisionero después de seis años de clausura: cuadro que hubiera sugerido a Byron mismo inspiraciones que no tuvo al escribir su Prisionero antes de conocer la historia de Bonnivard.

El pintor español, os hace uno de los actores en la escena de libertad, os hace libertador a vos mismo: os introduce en el calabozo de Chillon, os mezcla entre los warneses y os obliga a gritar: Bonnivard, eres libre: tal es la vivacidad con que veis al mártir de la libertad de Ginebra, que sale blanco y transparente como la porcelana de Sèvres, de su oscuro calabozo, los ojos bañados en el santo fuego de la fe, alargando a sus protectores sus manos diáfanas y amarillas como las llamas del topacio.

Pues bien, en este cuadro el discípulo de Ribera hace dos retratos de un solo golpe; el del prisionero del Chillon y el del mártir del Tobías. No podéis representaros la figura del uno, sin comprender la del otro, deduciendo las tintas agradables.

En este estado calamitoso nuestro héroe, impresionado su espíritu por el desorden de su organismo, sale del estado normal y aparece poseído de un racionalismo extravagante y exaltado, que le hace desconocer el testimonio de sus propios sentidos. Hace este razonamiento, v.g., contra el cual nada puede la observación empírica de la realidad: «he pasado setenta días en este buque sepulcral, en este ataúd flotante, solo, sin hablar, sin comer, sin sentir, sin tener deseos, conciencia ni esperanza de nada; luego yo no debo estar vivo; y contra este raciocinio nadie podría persuadirse de que lo esté».

Objétanle que se halla vivo en Valparaíso, y responde:

«Bien lo sé: pero ¿qué queréis decir cuando nombráis Valparaíso? Lo mismo que yo digo, que estoy en el valle del paraíso prometido a los buenos que han dejado de existir. El martirio de mi viaje me ha valido este galardón. Estoy satisfecho, me veo transportado a una región de hermosura indecible.»

XXIX

Sin duda que Chile posee portentos naturales capaces de fascinar hasta ese punto una cabeza debilitada por el sufrimiento; pero también es preciso

reconocer en obsequio de la verdad, que posee tan nutritivos y sustan-
ciosos pollos, cereales tan restauradores y verduras tan sabrosas, que
con dos días son suficientes para restablecer de los estragos de la dieta
penitenciaria y sustraer el juicio intacto del peregrino a la fascinación de la
naturaleza chilena.

Entonces advierte que el país que le rodea no es realmente el cielo sino
un paraje terrestre de extremada magnificencia.

Tobías, dice entonces a su buque:

—Me mueve a perdonarte el pensar que has podido traerme a Chile. Pero
cuando reflexiono que me has retenido entre las tempestades del Cabo de
Hornos un mes entero, que hubiera podido pasar aquí: cuando pienso que a
tu pesar y solo por la merced de Dios me encuentro en este hermoso país, te
retiro mi perdón, te proscribo de mi pensamiento, de mis recuerdos y hasta
de mi odio, objeto lúgubre de consternación.

XXX

Desde este día no más analogía entre el ilustre prisionero del Chillon y el
oscuro prisionero del Tobías.

Es tiempo, viajero amigo, que restituyas el precioso préstamo que en días de
infortunio te fuera dispensado admitir, desprendiéndote desde hoy del bello
nombre de Bonnivard, y restituyéndolo a los anales de la gloria helvética, su
propietaria. Híncate ante los altares de la libertad y pídele perdón de haber
aceptado aún instantáneamente, el uso de un nombre consagrado por ella,
en honor exclusivo de su inmaculado dueño.

Y si alguna vez te viniese la tentación de hacer otro viaje de mar por el
Cabo de Hornos, ya sabes cómo debes entender esos avisos mercantiles
que comienzan:

Para Buenos Aires
La muy velera barca de tres palos, de 600 toneladas, forrada en cobre,
con excelentes comodidades para pasajeros, etc., etc.

Noticia del castillo Chillon en Suiza
según

Alejandro Dumas y el autor del Tobías

Chillon, antigua prisión de Estado, de los duques de Saboya, hoy día arsenal del cantón de Vaux, fue construido en 1250. La cautividad de Bonnivard, lo ha llenado de su nombre...

Al hablar de Ginebra, hemos hablado de Bonnivard y de Berthellier. El primero había dicho un día, que por la libertad de su país daría su libertad, y el segundo respondió que daría su vida. Este doble compromiso fue escuchado, y cuando los verdugos vinieron a reclamar su cumplimiento los hallaron a los dos prontos a cumplirlo. Berthellier marchó al cadalso, Bonnivard, transportado a Chillon, encontró allí una cautividad espantosa. Atado por medio del cuerpo a una cadena, cuya otra extremidad se ligaba a un anillo de hierro pendiente de un pilar, quedó así seis años, no teniendo libertad más que el largo de la cadena, sin poder acostarse sino en cuanto ella le permitía extenderse, girando siempre como una bestia feroz alrededor de su pilar, hundiendo el suelo con su marcha forzadamente regular, despedazado por el pensamiento de que su cautividad no serviría de nada quizás a la libertad de su país, y que Ginebra y él, estarían destinados a cadenas eternas. Pero un día fue asaltada su prisión por un tumulto de vencedores, y más de cien voces le dijeron a la vez:

«—Bonnivard, eres libre.

»—¿Y Ginebra?

»—Libre también.

»Desde entonces la prisión del mártir se ha convertido en un templo, y su pilar en un altar. Todo el que posee un corazón generoso y amigo de la libertad, se desvía de su camino y va a elevar su plegaria donde él padeció. Al instante se hace conducir hasta la columna en que estuvo encadenado por tanto tiempo: se busca en su superficie granítica, donde cada uno quiere inscribir su nombre, los caracteres que él grabó: se inclina hacia el suelo para descubrir las huellas de sus pasos: se agarra del anillo a que estuvo atado, para probar si está bastante firme todavía en su cimiento de ocho siglos: toda otra idea se pierde en esta idea: aquí estuvo encadenado por seis años... iseis años, es decir, la novena parte de la vida de un hombre!»

Una noche, en 1816, en una de esas noches que se diría que Dios hizo solo para la Suiza, una embarcación se avanzaba silenciosamente dejando tras sí un rastro abrillantado por los rayos cortados de la Luna: se dirigió hacia las murallas blanquizcas del castillo Chillon y tocó la ribera sin sacudimiento, sin ruido, como un cisne que baja. Descendió un hombre de tez pálida, ojos penetrantes, frente despejada y altanera. Le cubría un largo manto negro, que ocultaba sus pies, pero se veía que cojeaba ligeramente. Solicitó ver el calabozo de Bonnivard; quedó allí solo y mucho tiempo, y cuando después se entró en el subterráneo, se encontró en el pilar mismo en que había estado encadenado el mártir, un nuevo nombre cuya copia es ésta:

Byron. El autor del Tobías visitó ese calabozo en 1843. Está situado a la orilla del lago de Ginebra, casi dentro del agua. Un gendarme y su mujer, son toda la guarnición que le custodia sin embargo de estar lleno de cañones. Le visité a las dos de la tarde de un día muy claro. La mujer del gendarme me precedía en la entrada del calabozo de Bonnivard. A cierta distancia me detuve porque la oscuridad me ocultaba el paso. La mujer me tomaba de la mano y me condujo hasta la columna o pilar de que habla Dumas. Es la última de la columnata que sustenta la bóveda. La mujer tomó el anillo y lo hizo resonar contra la piedra a que está adherido. Me invitó a escribir mi nombre en aquel álbum de libertad. Esperé la tinta sentado al pie de la única columna medio alumbrada por una ventanilla que cae al lago. En esa columna, que no es la del anillo, está el nombre de Byron, claro y distintamente esculpido por él. A su alrededor, y como formando aureola, se ven los de Víctor Hugo y otros grandes poetas contemporáneos. Desde arriba hasta abajo, la columna está cubierta de nombres. Escribí en ella el mío por el lado de la sombra, que era el que le correspondía. Seis minutos quedé en aquel lugar destemplado, y salí con escalofríos. ¿Cómo soportaría allí Bonnivard seis años!

Libros a la carta

A la carta es un servicio especializado para
empresas,
librerías,
bibliotecas,
editoriales
y centros de enseñanza;

y permite confeccionar libros que, por su formato y concepción, sirven a los propósitos más específicos de estas instituciones.

Las empresas nos encargan ediciones personalizadas para marketing editorial o para regalos institucionales. Y los interesados solicitan, a título personal, ediciones antiguas, o no disponibles en el mercado; y las acompañan con notas y comentarios críticos.

Las ediciones tienen como apoyo un libro de estilo con todo tipo de referencias sobre los criterios de tratamiento tipográfico aplicados a nuestros libros que puede ser consultado en Linkgua-ediciones.com.

Linkgua edita por encargo diferentes versiones de una misma obra con distintos tratamientos ortotipográficos (actualizaciones de carácter divulgativo de un clásico, o versiones estrictamente fieles a la edición original de referencia).

Este servicio de ediciones a la carta le permitirá, si usted se dedica a la enseñanza, tener una forma de hacer pública su interpretación de un texto y, sobre una versión digitalizada «base», usted podrá introducir interpretaciones del texto fuente. Es un tópico que los profesores denuncien en clase los desmanes de una edición, o vayan comentando errores de interpretación de un texto y esta es una solución útil a esa necesidad del mundo académico.

Asimismo publicamos de manera sistemática, en un mismo catálogo, tesis doctorales y actas de congresos académicos, que son distribuidas a través de nuestra Web.

El servicio de «libros a la carta» funciona de dos formas.

1. Tenemos un fondo de libros digitalizados que usted puede personalizar en tiradas de al menos cinco ejemplares. Estas personalizaciones pueden ser de todo tipo: añadir notas de clase para uso de un grupo de estudiantes,

introducir logos corporativos para uso con fines de marketing empresarial, etc. etc.

2. Buscamos libros descatalogados de otras editoriales y los reeditamos en tiradas cortas a petición de un cliente.